시신경 (詩神經)

시와 글을 느끼는 신경

시신경(詩神經)

발　행 | 2020년 11월 04일
저　자 | 서어진
펴낸이 | 한건희
펴낸곳 | 주식회사 부크크
출판사등록 | 2014.07.15.(제2014-16호)
주　소 | 서울특별시 금천구 가산디지털1로 119 SK트윈타워 A동 305호
전　화 | 1670-8316
이메일 | info@bookk.co.kr

ISBN | 979-11-372-2223-6

시
신
경

서어진 지음

목차

목차

목차

목차

목차

이 책을 사랑하는 우리 가족들
그리고 항상 많은 도움을 주시고
응원해 주시는 여러분들에게
바칩니다.

2020년 11월 03일
작가 서어진 드림

Thanks to

\<도움\>

두목님
박선영님
노귀현님
권희랑님
이수현님
배미애님
김현님
김병섭님
김태영님
김희정님
박희진님
이은정님
하성훈님
김민수님
김나윤님
지성님
장예진님
헤셀님
순영하님
후드님
맥반석님
낙랑냥냥이님

Thanks to

<인터넷소설연합>
도르코스님 / 이민우형, 크로노츠바사님 / 김영재형

<친구>
나은, 지혜성, 김도경, 이범희, 정준혁, 호대현, 박용범,
이건준, 박진혁, 신상원, 염동엽, 원기연, 이홍구

<학보사>
보위형, 경무형, 전완이형, 진나누나, 대선이형, 정현이형,
준용이형, 현예누나, 화섭이

<조아라>
723님, 씽씽님, 뤼미에르mptw님, 0504lee님, 세하seha님, 못생
긴시님, 꼬꼬밥님, slacker001님, yops8574님, 조애나님, 제아
방람님, 좋아하는 이야기님, 밤일님, 안녕친구야님, 완성을향해
님, 역사에역사에님, 99의마수님, 디프테리아님, 유희섬님, 이바
니바니님, 잘우는새님, 마안트님, 12121053님, 새로임님, 나오
5276님

Special thanks to

가족들, 정희쌤, 영애쌤, 아라쌤, 세모덕님, 덕희,
Dreamcatcher, InSomnia, TEAM EMOTION

BAR

"분위기에 취한다는 말 들어본 적 있나요?"
"아뇨 하지만 안 들어도 알 것 같군요"
"왜죠?"
"지금 제가 취해가니까요"
"모두 그렇게 이야기하곤 하죠"
"당신은 어떤가요? 이곳에서 일하면 분위기에는 취하지 않나요? 적응하는 건가요?"
"저도 이미 취했어요. 다만 주사가 좋은 거죠"
"그래서 분위기에 취한다는 말 들어본 적이 있냐고 물으시는 이유가 뭐죠?"
"없어요. 그냥 지금 우리의 대화가 토대가 될 거라는 것만 알죠"
"토대요?"
"짧게 요약하면 시가 되고 길게 풀어서 쓰면 소설이 되겠죠"
"재밌군요. 그럼 당신은 지금 이 대화가 어떤 것이 되기를 원하나요?"
"제가 원한다고 이뤄지나요? 저는 작가가 아닌걸요"
"당신 이름이 뭐죠?"
"저는 재백이라고 하죠. 어때요? 시가 더 필요한가요?"
"그래 줄래요?"
"좋아요. 제가 골라주는 시에 취하시길 바라요."

시
신
경

1부 (시)

전진

앞으로 앞으로 나아간다.
뒤는 돌아보지 말게나.
어차피 뒤로는 갈 수가 없으니

앞으로 앞으로 나아간다.
걷는 길은 문제없는 평탄길
어차피 문제 있어도 돌아갈 수 없으니

나에게는 오로지 전진뿐
나아가세 나아가야지
전진 외에는 아무것도 할 수가 없으니

이동

저기로 다가간다.
저기로 향해간다.

내 다리가 간 곳이 아닌데
내 의지가 간 곳이 아닌데

난 이곳에 홀로 서서
난 이곳에 멈춰 서서

단지 흘러 흘러
그저 흘러갈 뿐

현재 나는 정지했으나
현재 나는 이동 중

무제

이 시에는 이름이 없지
왜냐하면 뜻이 없는 시니까

땅 위를 달리는 동자와
하늘을 기는 사나이의 만남

동자와 사나이에 담긴 뜻은 없다네.
그러니 이 시는 무제

시의 제목을 지을 필요가 없었지
왜냐하면 아무 뜻이 없는 시니까

꿈

꿈을 꾸었네.
밤인데 낮처럼 환했지

꿈도 잠도 마찬가지

눈은 감고 있으나
많은 것을 보고

아무 생각 없는 듯해도
많은 생각을 하지

달은 해의 스승이 아니나
꿈은 현실의 스승이니

혹시 모르지
현실보다 나은 꿈이 있듯
낮보다 나은 밤이 있을지도

둘

지쳐버린 둘
누가 부축하나

그럴 필요 없지
하나가 하나를 부축하고
다른 하나가 하나를 부축하면

지쳐버린 둘
부축할 사람은 필요가 없지

서로를 부축하다
서로 넘어질 테니.

나만의 백지

내 세상은 하이얀 백지
너무나도 희니
아무도 들어가지 말길

나조차도 갈 수 없는 내 세상
너무나도 두려우니
차라리 네가 대신 들어가 주길

내 세상은 희고 하얀 백지
쓰기 두렵고 밟기 두려워

영영 가지 못할 나만의 세상
나만의 백지

경고

미래에 나에게 경고했다.
나는 내 말을 듣지 않았다.

미래에 당도해보니
내 예상과 달랐다.
미래의 내가 웃었다.

과거의 나에게 경고했다.
나는 경고를 무시했다.

과거로 돌아가 보니
내 예상과 달랐다.
과거의 내가 어깨를 으쓱했다.

현재에 나에게는 경고하지 않았다.
거울 속 내가 보였다.
내 예상과 달랐다.

빛으로 빛나리

나는 나는 빛이라
그렇기에 빛으로 빛나리.

작고 약하고 희미한 빛이라
그래도 빛은 빛으로 빛나리.

빛이기에 빛나라
빛이어도 빛나라

너도 같은 빛이라
그렇기에 빛으로 빛나리.

작고 약하고 희미한 빛들이라
너와 나 빛으로 빛나리.

감사 인사

말로 하자니 너무 많고
글로 쓰자니 너무 긴데
말로 글로 표현을 하면 뭘 합니까

다
담지를 못하는 것을

다
담기지를 않는 것을

미소

다시 한 번만 보고 싶어서
이전 미소를 사진으로 담았다.

보고 싶을 때마다 꺼내서
다시 한 번씩 보려고

넘친 별

별이 넘쳐서
하늘에서 땅으로 사람으로
넘쳤나 보다.

동공에 눈가에 눈동자에
한가득 담겨있는 걸 보니

불안과 질투

네 글이 나는 기가 막히게 좋았다.
네 글이 나는 질투가 나게 좋았다.

뛰어난 별이 되어
나의 옆에서 사라질까 우려될 만큼

뛰어난 날개를 달고
나의 곁에서 날아버릴까 두려울 만큼

너의 글이 너의 시가 너의 소설이
나에게는 딱 이만큼의 불안과 질투가 날 만큼
그렇게 딱 그만큼 좋았다.

인어

나는 인어로 살게다.
푸른 바다라서 그런 게 아니라
넓은 공간이라서 그런 게 아니라

그저 차갑고 어둡고 위험하고
깊은 포말이 터지는 심연을 보고 싶으니
인어로 살게다.

따스한 남쪽 바다가 아닌
거칠고 바람이 불고 파도가 치며
빙하가 사는 차가운 바다가 그리우니
난 거기서 인어로 살게다.

그러니 너는 육지에서 살 거라
너는 나와 다르니 따스하고 포근하고 너를 품어줄
네가 살던 그곳에서 인어를 보았노라고
인어의 전설을 말하며 거기서 살 거라

그러한 이유로 나는 인어로 바다에서 빙하에서 살게다.
그렇게 살아갈게다.

자력

당기는 것은 어디다가 두고
밀기만 거듭하는지

가끔은 당겨줬으면 좋겠거늘
항상 미는 미운 자력이

오늘도 나를 밀어
멀리 떨어지게만 한다.
더 멀리로 밀려나게만 한다

가분수

그저 욕심만 많아서
생각을 가득 담다 보니

담는 머리가 늘고 늘어나
가분수가 되겠구나

내보내지는 않고
그저 모으고만 있으니

곧 생각이 가득 차서
가분수가 되겠구나

커다래진 머리를 낑낑거리며
풀기는커녕 줍기에만 바쁘니

욕심에 찬 가분수가
오늘도 생각을 주우며 차곡차곡 넣기만 하는구나

걸림

밤이 길기에 하늘을 보니
하늘 끝에 달이 지지 않고 걸렸거늘

해를 막고 있는 것인가
그래서 밤이 긴 것인가

잔재주

어쭙잖은 잔재주가 오직 이것뿐이라
그래서 펜을 들었다

애매한 재능이나마 있는 것이
이것뿐이라
그래서 쓰기 시작했다.

늘지 않을 어정쩡한 재주라고 해도
내가 할 것이 이것뿐인데
그래서 쓸 수밖에는 없었다.

그래서 거듭 쓰고 있는갑다.
그래서 멈추지를 못하는갑다.

바보

네가 내게 예상치 못한 감동을 주었으.니
나 또한 너에게 예상할 감동을 주겠다

네가 내게 의도치 않은 감동을 주었으니
나 또한 너에게 의도한 감동을 주겠다.

네가 나를 향해 말했던 그 목소리, 몸짓, 표정을
진심이라고 믿었기에
만일 너의 뜻이 그게 아니라 함에도
나는 속인 너 대신 속은 나를 탓하리라

내가 원하는 것을 네가 주었으니
나 또한 네가 원하는 것을 줄 수 있기를 바란다.

내 의도를 담아 네가 예상할 감동을 너에게로 주겠다.

마음의 한 칸

길을 걷다 떠오른 생각이
길을 걷다 쳐다본 작은 것이

너무나 소중하고 어여뻐서
마음속 한 칸을 내주고
그곳에 담았다.

어렵게 비워둔 내 마음의 한 칸
그것으로 채운다.

가루약

쓴 것이 사르르 잘도 녹는다.

녹으라는 것들은
모조리 응어리가 지면서

쓴 것과 고통은
사르르 잘도 녹아 나를 적시는지

사르르 녹는 쓴 것을 입에 넣고
나를 쓰디쓴 것에 적시니

오늘도 가루약 하나 톡 털어 넣어
사르르 녹여먹는다.

유령

나 이제 더 이상 숨지 않으리
나 이제 유령처럼 숨지 않으리

반쯤 잘린 가면을 쓰고
최선을 다해 노래를 부르며

어두운 골목에서 나와
화려한 무대 위에 서서는

나 이제 더 이상 숨기지 않으리
나 이제 유령은 되지 않으리

그림자 꽃

액자 앞에 잘려 꽂힌 꽃 그림자가
액자 풍경 속 그 들판에 한 아름 피었다.

꽃은 그림자로서
들판으로 되돌아갔으니

이제 남은 것은
그림자가 없는 찍혀진 풍경뿐

그림자란 없을 액자 속 푸른 들판에
그림자의 꽃이 흐드러지게 피었다.

나비 꽃

아무도 앉지 않는 작은 풀
염원을 담고 담고 담아
나비 모양의 꽃을 피웠네

항상 떠나지 않을 나비를
스스로 만들어서 올려놓았네

아무도 앉지 못할 작은 풀
나비 꽃이 앉아있는 작은 풀

재현

내가 또 한 번 재현할
내가 다시 한 번 만들 추억이기에

그리워지지 않는다.
그리워하지 않는다.

그런 믿음으로
또 하나의 추억을 재현해야지

그리워지기 전에
내가 그리워하기 전에

교차로

어딘가에서 우연히 스쳤네
허나 같은 곳으로 간다네

어딘가에서 우연히 만났네
그러니 같은 곳으로 간다네

만나고 헤어지는 교차로에서
헤어짐만 빼고 겹쳤으니

어딘지 모를 그 목적지까지
그냥 같이 걷는다네
그저 옆에서 걸어간다네

단편

이제야 알 것 같다.
너를 줄이는 법을
너를 잘라내는 법을

흐림

구름에 가려
천천히 흐려지는

가려진 태양 같은
나의 열정이

구름을 뚫고 안개를 넘어
희미하게 온기를 보내오거늘

그 작은 온기를 느끼고자
푸른 잎을 펼쳐 광합성을 한다.

언젠가 지나갈 구름이거늘
언젠가 강해질 열정이거늘

주마등

어디서 봤던 것이 계속 거듭 스치운다.

반복해서 뭘 말하고 싶은 듯
거듭해서 뭘 말하고 싶은 듯

어디서 만났던 어디서 느낀 그것이

끊임없이 반복해서
변함없이 거듭해서

기억 속에 스치운다.

새처럼

그저 새처럼 지저귈 뿐인데
왜 듣는 사람들이 슬퍼하는지

그저 감정 없이 지저귀는데
왜 듣는 사람이 감정을 느끼는지

흘려듣는 새소리에
자세히 듣는 귀를 지닌 내가

흘러 쓰는 시구절에
꼼꼼히 보는 눈을 지닌 너에게

그저 새처럼
그저 변함없이 지저귀는데

그래서 듣는 이는 슬퍼하는지...
그래서 보는 이가 느끼우는지...

장승

나 여기서 기다렸노라

더운 태양을 피하지도 않고
추운 바람을 피하지도 않고
땡볕과 얼음장을 그대로 맞아가며

입을 헤 벌리고

그저 단단히 서서
지나오는 자들에게 눈을 감지 않으며

나 여기서 기다렸노라

기다리고 보니
나를 너희들이 찾아왔노라

젖은 이별

발치에서 천천히 떠나기에 신경을 안 썼거늘
어느새 멀어져 모습조차 희미하니

그저 가만히 있던 내 탓인가 그저 말리지 않은 내 탓인가

가랑비에 서서히 젖는 옷처럼
서서히 오는 이별에 너와 나의 관계가

허망하게 무너져버렸다.
허망하게 젖어 이별하였다

종점

아무도 깨워주지를 않아
아무도 잡아주지를 않아
흐르다 보니 여기까지 왔구나

내릴 역을 찾지 못해
머물 역을 찾지 못해
그저 주저하다가 여기까지 왔구나

결국 강제로 내린 종점에서
머물지도 정을 붙이지도 못한 채

다른 열차가 오기를 기다리면서
새로운 종점을 찾아가는구나

중력

땅이 홀려 떨어뜨린다.
땅에게 홀려 잡혀버렸다.

떨어진 채로, 잡혀버린 채로
그저 하늘만 바라보면서

땅이 놓지 않아 주저앉았다.
땅에게 홀려버려 누워버렸다.

헬륨

잡아봐야 어차피 바람 빠져 늙어 시들어갈 테니
그전에 자유롭게 풀어줘야겠다.
시들기 전에 날라고 놓아줘야겠다.

다급함

어둠이라도 잡고 싶은 마음에
썩은 동아줄이라도 잡고 싶은 마음에

그저 덥석 어둠으로 뛰어들었다
그저 덥석 지푸라기라도 잡아보았다.

내가 뛰어들어버린 사방이 막힌 암흑 속에서
기댈 것 없이 초라한 한 줌을 손에 쥐고서

어둠에라도 안기고 싶은 다급함에 그만
해결책이 되지 않을 것을 알면서

다급하게 다른 썩은 동아줄을 잡는다.
다급하게 풀려버린 지푸라기를 잡는다.

겁

날카로운 통증이 나를 후벼파서
이 거리에 주저앉도록 만든다.

겁에 질린 나는 이것이 지나갈 때까지
주저앉아서 기다릴 뿐이다.

왜 점점 하나씩 나를 떠나가는가?
왜 점점 하나씩 나를 버리는가?

겁에 질린 나는 한 걸음도 걷지 못하고
날카로운 통증에 신음하면서

그저 겁에 질려 떠나간 자를 바라본다.
마냥 겁에 질려 버린 자들을 그리워한다.

그림

하도 이상적이고 완벽하기에
누가 그려놓은 그림으로 알았다.

지우개로 지워보려고 하다가
그제서야 알았다.

하도 이상적이고 완벽한 그림을
내가 호기심에 지웠다는 사실을
내가 무심코 없앴다는 사실을

애인

나를 포함해서
그 누구도 사랑한 적이 없다.

나를 포함해서
그 누구도 아껴본 적이 없다.

비련한 나의
미련한 환상 속의 애인은

누구도 사랑하지 않는 나를
누구도 아끼지 않는 나를

그럼에도 사랑한다 말한다.
그럼에도 아낀다고 말한다.

메모장

대부분 의미가 없는 무의미한 생각을 담은
나의 늙고 무쓸모하고 하찮고 외로운 메모장에서

오늘도 끄적이고 붙이고 오리며
힘겹게 하나씩 살려가는 나의 시

너희들은 운이 좋은 자로다
너희들은 살아있는 자로다 혼자 중얼거리면서
새로운 무의식으로 끄적이는 낙서, 그리고 단어들

메모장은 그럼에도 그것들을 그것 그대로
품어주는 귀한 존재다. 보관하는 몇 없는 존재다.

설명서

설명서가 필요합니까?
그렇다면 내게 주세요.

처음으로 눈을 뜨고
처음으로 말을 배우고
처음으로 글을 쓰고

그다음으로 눈으로 보고
그다음으로 말을 하고
그다음으로 글을 만들며

마지막으로 눈을 감고
마지막으로 입을 닫고
마지막으로 글을 느끼면

그제서야 설명이 끝났습니다.
이제 다시 가져가세요.

소실

바람이 등을 떠밀며 분다.
이제는 오지 말라고
이제는 그만 가라고

바람이 등을 떠밀며 분다.
왜 슬프지 않겠소
왜 외롭지 않겠소

버티면서 천천히 밀려 결국 다다른 막다른 절벽에서
등을 떠미는 바람을 느끼며

아! 결국에는 소실이구나
멀어져 사라져 흔적도 없이 없겠구나

폭풍 후

폭풍우가 지나갔다
폭풍 후가 되었다.

시끄럽고 떠들썩하고
힘이 있고 소리 지르던
그 폭풍우가 가고
그리고 폭풍 후가 되었다.

조용하고, 외롭고
힘이 없고, 적막한
더 대비되는 침묵으로 가득한
폭풍 후가 찾아왔다.

차라리 폭풍우를 기다리게 될
폭풍 후가 찾아왔다.

홍시

발그레한 네 모습이 너무 예뻐서
가을이 아님에도 가을이라고 놀려본다.
붉게 물들어 귀여운 모습 바깥바람에 식을까

톡! 따서
집에 데려와 길러야지

동그랗고 귀여운 하나의 홍시여

가로등

검은 밤에 해가 지고 달이 약하니
할 수 없이 외발로 선 가로등이
하나의 눈에 불을 켰다.

밤은 넓은데 새벽은 길고
할 수 없이 홀로 켜진 가로등이
하나의 태양이 되어 나방을 모아 부르며

어두운 밤에 해는 가고 달은 오지 않았으니
할 수 없이 작은 빛이나마 비추며

작은 빛 자리를 만든다.
좁은 불빛을 모은다.

산새

무심코 산에 올라가
무심코 산새의 떠듦을 듣는다.

너의 이야기는 기꺼이 들었기에
나 또한 너의 이야기를 쓰노라

산새들이여
나는 마음만 먹으면 너희와 하루 종일 지저귀므로

너희와 나눈 이 대화를
남들과 함께 나눌 수 있게

너희의 이야기를 쓰노라
나의 이야기를 들려주니라

외로운 나무

혼자서 자라다가
문득

외로움을 느낀 나무가
갑자기

저 하늘 꼭대기까지 올라
덥석

떠나는 구름의 귀퉁이를 잡았다.

덥석
잡힌 구름이 나무 꼭대기에 머물고

갑자기
머무르게 된 구름이 얌전히 앉으니

문득
나무는 외로움을 잊어버렸다.
쓸쓸함을 거둬버렸다.

눈덩이

눈덩이처럼 뭉쳐진 내가
한 여름의 아스팔트 거리 위에 누워서
내가 사라지기 전에 나를 잡아주세요.

눈덩이처럼 여린 내가
한 겨울까지 버틸 수 있게끔 앉아서
내가 스러지기 전에 나를 안아주세요.

사라져도 별 상관없지만
없어져도 아무 상관없겠지만

그래서 잡기도 안기도 싫다면
그냥
내가 녹아서 사라질 때까지
내가 못 버텨 스러질 때까지
서서

차갑게 작별의 인사라도 남겨주세요.
슬프게 옆에서 지켜봐 주세요.

철길

저기로 가고 싶은데
저기는 철길이 없으니
내가 갈 방법이 없구나

저기를 보고 싶은데
저기에 철길이 없어
내가 볼 방법이 없구나

그저 먼 방향에서
대충 잘 있겠지 생각하면서

그저 쓸쓸하게 놓여있는
철길을 따라갈 수밖에 없으니

저기로 가고 싶지만 저기를 보고 싶지만
나는 배경이 되어 지나가겠지
철길이 없으니까 지나가겠지

저기로 가고 싶지만 저기로 가고 싶건만
그저 놓여있는 철길을 따라서
앞이 아닌 옆만 보며 떠나네

연극

텅 비어있는 객석을 두고
아무도 찾지 않는 무대에서

아무렇지도 않은 듯 인사하면서
도망치듯 떠나버렸다.

아무도 본 사람이 없기에
오히려 떠나기에 잘 되었으니

텅 비어있는 객석을 두고
텅 비어버린 무대를 두고

태연하게 인사하면서
바쁘게 떠나버렸다.
뒤도 보지 않고 도망쳐왔다.

땅 꽃

무능력한 땅은
스스로 꽃피울 힘이 없기에

땅에 떨어진 꽃을 주워다가
이리저리 꽂아 꽃을 피웠다.

벚꽃이 땅에 내리자마자
기다렸다는 듯

무능력한 땅이 긁어모아
땅 꽃을 피워냈으니

썩어지기 전까지는
시들기 전까지는

땅이 피워낸 꽃이다.
땅에서 핀 땅 꽃이다.

초록

빛을 받아 튕기는 한 여름의 나뭇잎
빛을 모아 반짝이는 한 여름의 호숫가

쨍하게 내리는 햇살과, 우는 매미의 선율과, 물놀이에 튀는 물방
울과, 장마에 내리는 빗물과, 싱그럽게 차오르는 아이들의 미소
와, 탈탈거리는 선풍기 소음까지

그 여름 그 사이에 숨은 그것을
나는 초록이라고 할 테요.
나는 초록이라고 할 거요.

유기

슬프지만 이것이 현실이다.
내버려졌다 유기되었다.

안타깝지만 이것이 사실이다.
버려졌다 쓸모가 없어 폐기되었다.

주인이 돌아오길 기다리면서
목줄에 묶여 숨을 헐떡이며
가증스러운 희망고문과 함께

나는 버려졌다 유기되었다.
슬프게도 현실을 직시할 시간이다.
안타깝게도 받아들일 시간이다.

그저 자책하며 인정해 기다려야지
누군가가 주워가 줄 때까지
그리고 또 다른 유기가 될 때까지

흘러가기

나는 그저 흘러갈 뿐인 작고 여린 구름
바람을 이기지 못할 나는 어린 구름이었다.

그냥 몸을 맡기고 흘러가야지
그래도 목적지에는 도달할 테니
그래도 어찌어찌 잘 흘러갈 테니

그저 흘러가는 어린 구름이
그저 흘러가며 세월을 맞아

아직도 어떻게든 잘 흐르고 있소.
아직도 그저 무사히 잘 지내고 있소.

가축

우리는 기어이 길들여져 기다렸나 보다

우리는 그럼에도 불구하고
가축이 되었나 보다

적응해서 수동적인 삶을 살면서
언젠가 잡아먹힐 것을 알면서도

우리는 기꺼이 다가갔나 보다
우리는 흔쾌히 따라갔나 보다

불만족

맘에 안 드니 계속 꾸준히 쉬지 않고 쓰는 겁니다.
언젠가 맘에 드는 시가 나올 때까지

벽돌

너만이 이 벽으로 막을 수 있다.
너만이 기댈 존재가 될 수 있다.
친구를 불러와 서로 포개면서
서로 끈끈하게 붙고 서로 업고 업히면서

너만이 든든하게 막을 수 있다.
너만이 든든하게 기댈 존재가 될 수 있다.

늦은 잠

아니 그럼 어떡합니까
이렇게 할 이야기가 많은데
이렇게 들려줄 이야기가 많은데

그러니
늦게 잘 수밖에요.

그러니
늦은 잠에 들 수밖에요.

안녕

안녕이라고 말했다.
나는 그것이 시작의 안녕인지
아니면 끝의 안녕인지
도무지 알 수가 없었다.

그래서 나도 따라서
시작의 뜻도 이별의 뜻도 없이

그저 안녕이라고 답했다.
똑같이 안녕이라 말했다.

슬픈 것들

세상의 모든 일들의 모든 슬픔이 모여 그 슬픈 것들이 내게로
와 나를 세상의 모든 슬픔으로 만든다.

나는 슬픈 것들을 차곡차곡 쌓으며 세상의 슬픔을 모으며 새로
운 슬픔을 만들고 그것은 가공해 세상에 뿌린다.

세상에 나간 모든 슬픔은 다시 모이고 쌓이고 움직여서 다시 나
를 슬프게 한다 무척 나를 괴롭게 한다.

세상의 슬픈 것들이 모여 나를 만들고 내가 세상의 슬픈 것들을
만들고 슬픈 것들이 슬픈 것을 만드니

나는 매일 슬프고 슬픔을 내보내 처리하고 또 매일 슬플 뿐이다.

장례식

그래서 이것이 끝입니까?
너와 나의 마지막입니까?

그래서 이것으로 좋은지요?
나름 괜찮은 마무리인지요?

나는 눈물로 이별을
당신은 미소로 작별을

그러고 나서
나의 기쁨을 당신에게 보내고
당신의 기쁨을 내가 받고서는

이것으로 다 된 거지요?
이 정도면 다 한 거지요?

침묵

때로는 침묵이 눈물보다 슬프고
웃음보다 기쁘고 수다쟁이보다 말이 많으며
침묵보다 말이 없으니

그럼 침묵하겠습니다.
웃고 울고 떠드는 대신

침묵으로 웃고
침묵으로 울으며
침묵으로 화내고
침묵으로 사랑하여

내가 더 많이 말하겠습니다.
침묵으로 오래 말하겠습니다.

꽃샘추위

꽃샘추위에 귀가 얼어
따스한 말 못 듣고
날카롭고 차가운 말만 들렸나 보다.

너는 내게
예쁜 말과 용기가 되는 말과 위로를 했건만
듣는 내 귀가 얼어 듣지 못했나 보다.

그래서 봄이 오고 꽃이 피고
귀가 녹고 나서야 너의 말이 들려왔나 보다 .
그제서야 따스한 말이 들렸나 보다.

그런 날

그런 날이 있다.
문득 네가 보고 싶어서
문득 네가 궁금해서
펜을 들고 전화를 드는 날

그런 날이 있다.
하고 싶은 말이 많아서
글을 적고 싶어져서
온갖 글을 써 내려가는 날

얼마 없는 그런 날에
이만큼 많은 글이 쓰이니

그런 날이 있다.
문득 갑자기 그런 날이 있다.

젖은 나비

이슬에 젖어 못 나나
꿀에 붙어 못나나
힘없이 축 늘어트리고 누웠다.

힘 없이 처진 날개는
눈물에 젖고
희망에 젖고

온통 온갖 것에 젖은
쓰러진 나비 한 마리
힘들게 숨을 몰아쉬며
내 손 위에 편히 누웠다.

침묵

말을 잃었다 차마 반응하지 못해
말을 잃었다.

말을 못 했다 차마 입이 열리지 않아 말을 못했다.

침묵 속에 잠긴 채 맴돌기만 하는 나의 변명이여

차라리 잃고 잊어 못하는 것이
나을지도 모른다.
차라리 침묵 속에 잠식되는 것이 좋을지도 모른다.

누울 자리

힘든 내가 지치게 올라와
결국 기댈 곳은
가파르고 어려운 비탈길

나에게 가장 편한 돌베개를 베고
내게 가장 따스한 풀 이불을 덮고

가파른 비탈길에 기대어
가쁜 숨을 참는다.

결국 돌고 돌아 쉬게 될 나의 누울 자리는
편한 침대도, 출렁이는 해먹도 아닌

척박하고 어두운 비탈길이다.
고생되고 힘겨운 내리막길이다.

만족

팬찮습니다 이것으로 됐습니다.
나는 이 정도면 만족하니까
저는 됐습니다. 팬찮습니다. 끝내도 좋습니다.

어차피 그럴걸 알았기에
진작부터 마음을 비우고 포기하고 체념했으니

저는 이것으로도 좋습니다. 나는 여기까지여도 만족합니다.

역작

내게 있어 역작은
지금 쓰는 이 시에는 없으며
지금 만들 이 책에도 없다.

나중에 쓰게 될 글에도 없으며
나중에 적게 될 노트에도 없다.

내 역작이 있는 곳은
오직 과거, 처음 썼던 그 시, 그것뿐이니

그걸 뛰어넘을 자신이 없다.
그때는 이길 자신이 없다.
다시는 따라가지 못할
내 역작이 잠들어있는 과거여

수다

참으로 수다스럽구나
하고 싶은 말이 너무나도 많구나

그럼 멍석을 깔고 무대를 놓고
조명을 켜주고 마이크를 준비할 테니
실컷 떠들다 가거라 마음껏 지르다 가거라

하고 싶은 말이 너무나 많아
작은 종이에 빽빽하게 채워놓고는
그것도 모자라 지우고 쓰길 반복하는

소심하고 말이 없는
수다스러운 작가가
흔치 않은 기회를 만나서
끝까지 떠들다가 간다.

충전

내가 나를 방전시켰습니다.
서둘러 나에게서 멀어져서
빠르게 당신을 찾았습니다.

당신이 나를 채워주었습니다.
충전이 완료된 저는 기뻐하면서
서둘러 당신을 떠났습니다.

당신이 다시 당신을 방전시켰습니다.
당신이 다시 나를 찾습니다.

BAR

"이야기 다 끝났나요?"

"당신 취했군요."

"그럼 이제 다른 이야기를 할 차례인가요?"

"이야기가 또 남았나요?"

"그럼요. 이제 더 긴 이야기죠."

"멋진 바텐더군요. 당신 마주 앉아서 당신과 이야기할 수 있다는 것은 큰 행운이라고 생각해요."

"다행이군요. 그걸 작가가 아닌 손님에게 듣다니 원래 등장인물은 슬픈 법이죠. 이왕이면 재백이라는 이름으로 불러주세요."

"당신은 당신의 이름에 크게 만족하는가보군요."

"아뇨 그냥 또 얼마나 기다리게 될지 모르니까요."

"그래요 재백 그나저나 나는 충분히 취할 만큼 읽었는데"

"그러면 돌아가도 좋아요. 잠을 자고 있어도 좋고, 나는 신경 쓰지 않아요."

"손님을 포기하는 건가요? 재백? 신경 쓰지 않는다면 내게 더 줘요."

"좋아요. 그럼 최선을 다해보죠."

시

신

경

2부 (글)

햇빛사냥

"젠장"
시간은 분명 밤이었다. 갑자기 시야에서 어둠이 걷혔다.
무언가가 분명방에 같이 있었다.
작가의 심장이 겁에 질려 쿵쿵거렸다.

"놀라지 마 난 그저 너를 도우러 왔을 뿐이야."
"어디 있어요?"
"여기 침대 발치에"
침대 발치를 용기를 내어 바라보는 순간 작가는 본인의 눈을 믿
을 수 없었다. 침대 발치에는 작은 오리가 작가를 빤히 쳐다보고
있었다.

"너 다시 소년이 되고 싶지 않니? 그때 너는 그 무언가를 가지
고 있었잖아 지금은 글을 쓰지 못하지? 난 다 알고 있어 그래서
여기 온 거야."
작가는 고개를 끄덕이며 그 말에 동감을 표했다.
"이름이 뭐죠?"
"마음대로 해 그건 중요하지 않아 난 너와 같이 살게 될 테니까
네가 원하는 이름으로 불러도 좋아."
"같이 살겠다고요?"
"이제 너는 혼자 있어서 외롭거나 고통을 받진 않을 거야 넌
아무것도 할 필요가 없어 내가 다 알아서 할 거야 내가 너의
가슴속에 들어가도록 충분한 용기를 가지고 결심만 하면 돼"
"입으로 들어올 건가요?"
"아니야 이 바보 녀석 네가 눈을 감고 있으면 내가 네 가슴 위
에 누울 거야 그다음 조금씩 너의 가슴속으로 들어가 너의 심장

을 구름을 씹듯 달콤하게 먹고 그 자리를 차지할 거야 그리고 존대는 그만해도 좋아 이제 우리는 당분간 함께 있어야 하니까"
"미친 소리야 혹시 꿈인가?"
"뭘 중얼거리고 있어? 일단 누워봐"
작가가 홀린듯 바로 누웠다. 오리가 작가의 안으로 들어가기 시작했다. 전혀 아프지 않았고 모든 일이 빠르게 진행되었다. 작가의 가슴이 호기심에 두근거리고 있었다.
"정말 멋질 거야 그 누구도 상상조차 못할 거야 내가 이제 심장 대신 다정한 오리 한 마리를 품고 있다는 것을...."

다음 날 아침은 이유는 알 수 없지만 경쾌하고 아름다웠다.
"창 밖을 봐 작가 태양이 아주 멋지잖아 다른 태양은 얼마나 아름다울까?"
"다른 태양이라니?"
"모든 사람의 가슴에서 꿈을 달구기 위해 우리가 달구고 있는 태양 말이야"
"이야 너는 오리가 아니라 시인이구나?"
"아냐 그저 너보다 먼저 태양의 중요성을 알았을 뿐이야 네 태양은 슬퍼 아직 자신의 삶을 아름답게 만들지 못한 태양, 비 대신 눈물로 가려져 식어가는 태양이지 내가 여기에 온 이유는 네 태양이 완전히 식지 않게 하기 위해서야"
"그럼 우리 약속해 함께 이 태양을 달구자"
"그래 우리 약속하는 의미로 악수를 하자 그리고 나서 다시 펜을 들어보는 거야"
"네가 내 심장을 대신하고 있는데 어떻게 너랑 악수할 수 있니?"
"생각으로 해 봐"
작가가 눈을 감고 생각했다. 그러자 그는 따뜻한 오리의 깃털을 느낄 수 있었다.

작가가 책상에 앉아 노트를 펼쳤다.

"그래서 언제까지 있을 거야?"

"네가 글을 창조하는 내내, 혹은 너의 태양이 너무 뜨거워져 내가 심장 속에서 견딜 수 없을 때까지 옛날의 그 열정과 무한한 영감을 기억해? 그때는 나처럼 태양을 달궈줄 존재들이 필요 없었어. 하지만 네가 펜을 놓자 너의 태양이 식는 것을 보다 못해 내가 찾아온 거야 모든 오리들이 심장을 대신 할 수 있는 기회를 얻는 것은 아니야 너도 운이 좋은 녀석이고 나도 운이 좋은 오리야"

"막히는 부분이 있으면 어쩌지? 난 그게 두려워, 예전으로 돌아가 글을 쓰지 못하게 된다면? 혹은 네가 사라지면?"

"시간이 더 오래 걸렸겠지만 내가 없이도 너는 잘 했을 거야, 한 번이라도 뜨겁게 달궈졌던 태양은 식어도 스스로 다시 타오를 가능성을 가지고 있는 법이야 그나저나 더 떠들 거야? 나는 충분히 쉬었다고 생각해"

작가가 다시 펜을 들었다.

책을 완성한 날, 그 날은 분명 기쁜 날이었다. 그러나 아주 이상하고 슬픈 무언가가 작가의 마음을 짓누르고 있었다. 방의 불빛 때문에 작가는 잠에서 깼다.

"자기 전에 분명히 불을 껐는데"

"내가 켰어 작가"

침대 발치에서 소리가 들려왔다. 작가가 몸을 숙였다. 심장 밖을 나온 오리가 먼지 쌓인 여행 가방을 후~ 하고 불었다.

"나 떠날 거야 작가"

"미쳤어? 다짜고짜 이런 식으로 떠난다니"

"언젠가는 떠나야 한다고 얘기했잖아"

"뭐 때문에 이러는 거야? 우리는 좋은 친구 아니었어?"

"세월이야 아니면 우리 때문일 수도 있고 시간은 존재하지 않는데 그저 우리가 흐르는 것뿐이지 우리가 흐르다 보니 어느새 떠날 시간이 온 거야 아주 잘했어 작가, 드디어 책이 끝났어."

"다 너의 덕분이야 이 책의 작가는 너야"

"아니 작가는 너야 그건 변하지 않아 나는 그저 너의 친구일 뿐이야, 이제 내가 오리로 살아갈 시간이 되었어 더 늦기 전에 강물이 재잘거리는 이야기도 듣고 다른 오리들도 만나보고 싶어, 작은 집을 만들기도 하고 작은 벌레들도 사냥하면서 살고 싶어. 소년의 마음만큼 아름다운 세계야"

"그럼 집 근처 호수로 가는 건 어때? 어쩌면 나는 너를 알아볼지도 몰라 아니면 다시 내 심장으로 들어와 매일 호수로 산책을 나간다고 약속할게"

"사람의 심장을 대신할 기회를 가진 오리는 평생 동안 단 한번만 그럴 수 있어 나는 네가 알지 못하는 곳으로 가야 해 이제 가야겠어 눈을 감고 싶으면 감아도 돼 난 전혀 신경 쓰지 않을 테니까"

작가는 오리의 말을 듣지 않았다 끝까지 모든 것을 보고 싶었다.

"안녕 사랑하는 소년"

오리가 손을 흔들고는 어둠 속으로 사라졌다.

오리가 사라지고 시간이 더 흘렀다. 이제는 책상 위의 노트와 펜이 아닌 책상 위의 계산기와 서류에 둘러싸인 회사원이 회사 밖으로 나왔다. 가랑비가 내리고 있었다.

"원하는 대로 불러도 좋다고 했지? 내가 뭐라고 불러야 네가 다시 올까? 지금 나는 다시 소년이야, 꿈 많고 고독한 소년, 사람들은 왜 크는 걸까? 난 원한 적 없어 시간은 멈춰있는데 내가 계속 흘렀던 거지 앞으로 걸어 나가면서 태양을 뜨겁게 하는 것은 힘들어 그러지 않니? 제발 마지막으로 너에게 부탁할게 어른들이 태양에 불을 붙이려면 어떻게 해야 하는지 대답해 줘 이번만"

대답을 듣지 못했으므로 작가는 걸어갔다. 그리고 그를 위해 노래를 부르기 시작했다.

"하지만 나는 너를 위해 계속 노래를 부를 거야 다행히 아직은 그리움이 무엇인지를 알고 있으니까 아직 태양에 네가 붙인 불이 남아있으니까"

※ 위 작품은 덕다방 채널 콘텐츠 창작의 밤 응모작품입니다.

작품 모티브 : 햇빛사냥

칼 꽃

"이건"
남자가 발걸음을 멈췄다. 화원 앞이었다.

"찾으시는 거 있으세요?"
"이건 옥시페탈룸이군요."
"좋아하시나보죠?"
"그럼요 잘 아는 꽃이죠……."

"Oxypetalum, 옥시페탈룸, 꽃말은 날카로움 그리고 제 이름이
죠. 물론 본명이라고 생각하지 말아요. 당신은 지금부터 나를 옥
시라고 부르면 되는 거죠 질문?"
"어 당신은 누구죠?"
"분명 말했을텐데요. 옥시라니까요?"
"그럼 질문을 바꿔보죠 당신은 왜 여기있죠?"
"새로운 질문이군요."
매혹적으로 생긴 젊은 여성이 나를 향해 돌아서더니 천천히 다
가왔다.

"난 스파이에요. 난 지금부터 당신을 통해 많은 정보를 취합할거
고 그것이 내 임무죠. 혹시나 다른 생각하지 말아요. 내가 이전
부터 이 방에 있음에도 불구하고 당신은 아무것도 모른채 방에
들어왔죠? 그걸로 충분히 증명되었겠지만 당신을 경호하는 모든
경호원들을 따돌리고 지금 당신과 독대를 할 수 있을만큼 난 매
우 유능한 스파이죠."

"그래보이는군요."

"대화가 통하니 다행이네요. 가끔 머저리가 있거든요. 옥시페탈룸에 대해 알고 있나요? 꽃말이 날카로움이래요. 뾰족한 꽃잎이 있는 꽃이죠. 나는 주로 미인계를 애용하지만 때로는 칼을 쓰기도 해요. 그저 예쁜 꽃이라고 생각하다가는 날카롭고 뾰족한, 칼꽃에 당하는 거죠. 생각보다 위험한 꽃이랍니다."

"내게 원하는 게 뭐죠? 물론 전쟁통이고 내가 장교긴 하지만 생각보다 내가 가지고 있는 정보는 많지 않아요."

"그건 내가 판단할거니까 신경쓰지 말아요. 일단 먼저 원하는 것은 우리 춤이나 출래요? 공식적인 내 직업은 무희랍니다."

여자가 내 손을 잡아 끌었다. 방 한 가운데에 서서 그녀는 나를 이끌며 빙글 돌고 미소를 지으며 춤을 추었다.

"혹시 어떤 컨셉을 좋아해요? 자바섬의 왕족? 인도네시아의 공주? 아니면 인도의 여사제?"

나는 대답을 하지 않았다. 옥시는 무응답에 신경을 쓰지 않는 듯 눈까지 감고서 춤을 느끼고 있었다.

옥시를 다시 만난 곳은 의외의 장소였다. 상관에게 끌려가 어쩔수 없이 들어간 클럽의 무대 위에서 춤을 추는 무희 중에 낯이 익은 사람이 있었다.

"왜 너도 젤러에게 관심이 있어? 눈을 못 떼는군."

"아니 저는 그냥"

"가끔은 솔직해지는 것도 좋아."

데우스 대령이 내 어깨를 툭 치고 지나갔다. 그리고 얼마간 시간이 흐르고 클럽 밖으로 나왔을 때 내 어깨를 툭 치는 누군가가 또 있었다.

"그래서 컨셉은 정했어요?"
옥시였다.

"무희였군요. 벨리댄스인가요? 몰랐어요 나는"
"아직 저를 못 들어봤다니 당신도 어지간히 재미가 없는 사람이
군요."
옥시가 빙글 돌더니 내 앞으로 다가와 섰다.

"달이 참 밝죠? 달빛은 항상 사람을 신비롭게 만들죠 어때요?
이만하면 나 미인인가요?"
"네 뭐 부정을 할 수는 없겠군요."
"좋아요. 그럼 당신에게 미인계가 통했다는 증거겠군요. 데이트
신청하고 싶어요. 레스토랑에서 봐요. 단둘이"
옥시가 발랄하게 걸어갔다. 나는 옥시의 뒤를 따라 한 레스토랑
에 앉아 음식을 시켰다.

"난 당신이 궁금해요. 당신을 노리는 스파이니까 당연하겠죠?"
"옥시 당신 정체가 뭡니까?"
"이게 대답이 될 것 같네요."
옥시가 서류뭉치를 꺼내어 나에게 내밀었다. 군사 자료였다. 급
하게 서류를 뭉쳐서 가방에 쑤셔 넣자 옥시가 함박웃음을 지었
다.

"당신의 방에서 주운 정보들이에요. 당신에게서 훔친 거죠. 이쯤
이면 믿겠나요? 이제 당신의 목숨줄은 내가 쥐고 있어요 그래서
다음 데이트는 언제로 할까요?"
"데이트라고요?"
"제발 그러지 말아요. 다들 나와 만나지 못해 안달인데 당신은
왜 그러는 거죠?"

"옥시 난 당신을 믿을 수가 없어요. 내가 지금 당신을 고발할지도 몰라요."

"그런데 안 하셨잖아요. 당신도 나의 목숨줄을 쥐고 있는 셈이죠. 우린 한배를 탄거 랍니다. 어때요? 흥미롭지 않아요? 궁금하지 않아요? 더 만나보고 싶지 않나요? 내가 어디서 왔을까요? 독일? 이탈리아?"

"장난은 그만해요. 옥시"

"그래요 알았어요. 오늘은 여기까지만 하죠. 오늘 놀아주셔서 고마웠어요. 계산은 제가 이미 했어요. 그러니까 다음에는 당신이 살 차례라는 거죠 알았어요?"

옥시가 먼저 일어나 걸어나갔다. 그녀가 입은 새하얀 드레스가 달빛에 반사되어 매혹적으로 빛났다.

"방이 언제나 삭막하군요."

방문을 열고 들어가자마자 들려오는 목소리였다.

"옥시 이제는 안돼요. 더 이상 저에게 오지 마세요. 벌써 우리 여러 번 만나지 않았나요? 데우스 대령이 우리를 의심해요. 젤러와 나의 사이가 뭐냐고 묻는다고요."

"색욕에 빠진 그 대령을 말하는 건가요? 그는 항상 내가 춤을 출 때면 나를 훑어보곤 하죠. 그는 그저 내 몸을 원하는 더러운 자식이에요. 그래서 당신이 아니꼬운 거죠. 당신은 아니잖아요. 그 더러운 대령의 의심 따위 제가 처리할게요. 나에게도 있는 정보니까 걱정 말아요."

그 일이 있고 얼마 뒤였다. 데우스 대령이 어설픈 암살범에 의해 살해당했다. 긴급한 명령을 받고 나는 범인이 있을 것이 분명한 막사를 뒤지고 다녔다. 아직 도망을 가지는 못했을 그 암살범은 분명 이곳에서 잡혀 생을 마감할 것이 분명했다. 혼자서 수색을 하던 나를 누가 공격했다. 어설픈 현장 수습과 달리 대단히 훈련적인 자였다.

"나를 찾으러 왔나요? 감동이군요. 항상 내가 먼저 당신을 찾아갔지 당신이 나를 찾아온 적은 없었는데"
"옥시? 당신이에요? 당신이 우리가 찾는 암살범입니까?"
"내가 분명 스파이라고 하지 않았나요? 미안해요. 내가 무리했어요."
"옥시페탈룸... 하얀색 꽃이더군요. 내가 가지고 있는 자료를 보면 스파이 증에는 꽃이 있다고 했어요 아주 하얀 꽃이, 그게 당신이었군요 그걸 왜 지금에서야 생각했을까요? 그래요 솔직히 말해서 나도 당신 아주 맘에 들었어요. 그래서 나도 위험을 감수하면서 당신 만난 거라고요. 그러니까 도망가요. 내가 뒤를 봐줄게요."
"안돼요. 당신은 살아남지 못해요. 당신 나를 믿나요? 내가 왜 당신을 선택했는지 아나요?"
"몰라요. 모르겠어요. 그치만 이건 확실해요. 미인계고 뭐고 간에 당신... 정말... 좋은 사람이에요."
"스파이를 믿다니 당신도 참 답답하군요. 조국에서는 저를 불발탄이라고 불러요. 아무런 정보도 넘기지 못했기 때문이죠. 모두들 나를 안고 싶어 해요. 꽃을 꺾어서 화병에 두고 보고 싶어 하죠. 그래봐야 시들고 그러고 나면 버릴 거면서, 물론 저는 예외지만요 저를 꺾으려고 하다가는 날카로운 꽃잎에 찔려 피를 보겠죠. 나를 사랑하는 사람들은 많아요. 근데 제가 사랑하는 사람은 참 드물어요. 당신에게서 빼낸 정보는 있지만 내가 넘긴 정보는 없어요. 맹세해요. 지금 나를 얼마나 믿을지는 모르겠지만"

"젤러!"
고함소리가 들렸다. 군인들이 다가오고 있었다.

"난 당신 살리려는 거야. 나 당신 사랑했어요. 진짜로 처음에는 연기였지만 그게 무슨 상관이 있겠어요? 그렇죠?"
옥시가 품속에서 칼을 꺼내더니 아주 민첩한 몸놀림으로 내 머리채를 쥐고 내 목으로 칼을 가져다 댔다.

"움직이지 마!"

옥시가 나를 보며 웃었다. 순백의 아름다운 꽃다운 미소였다.
"제 진짜 이름은 마타하리에요. 부디 나를, 옥시페탈룸을 기억해 줘요."
탕! 하는 총성이 울렸다.

미인은 그렇게 떠났다. 날카로운 꽃잎으로 내게 상처만을 남기고 그렇게 떠나갔다. 모두들 사살이라고 또는 총살이라고 했지만 내가 본 그녀의 마지막은 분명 자살이었다.

"그럼요 잘 아는 꽃이죠……."
"그럼 이걸로 드릴까요?"
"네 대신 살아있는 화분으로 주세요."
"화병에 놓지 않으시고요?"
"시들테니까요."
"그래요. 예쁜 꽃이죠. 잘 키우시길 바랍니다."

새벽이 깊어질 때면 나는 창문가에 있는 옥시페탈룸을 바라보곤 한다. 내가 가장 좋아하고 또 동시에 가장 싫어하는 꽃 옥시페탈룸,

내가 만났던 나의 사랑스러운 햐얀 꽃은 바라건대 부디 먼 곳에서 평온하시라

작품 모티브 : 마타하리
옥시페탈룸 모티브 : 두목님

택시기사와 손님

나는 거리의 택시기사다. 11시쯤 됐을까? 온몸이 뻐근해졌다. 아침부터 계속 운전을 하면서 돌아다니는 택시기사의 밤이 얼마나 피곤한지 아무도 모를 것이다. 주말 밤거리는 활기가 넘쳤다. 낮보다 환한 거리에 알코올 냄새가 서서히 흘러가던 그때의 거리였다.

한 남자가 비틀거리면서 택시를 탔다.

"네 어서 오세요."
"%@%#%%#₩갑시다"
"예?"
"₩%★"

ZZZZZ
얕게 남자가 코 고는 목소리가 들려왔다.

"저기요?"
열심히 흔들어 깨웠지만 남자는 일어나지 않았다.
"허 이거 참"
남자에게서 약한 알코올 냄새가 났다. 짜증이 확 올라왔다.

뭐였을까? 이 남자에게 무슨 일이 있었기에 이렇게 잠이 든 걸까? 실연이었을까? 아니면 직장에서의 해고? 아니 아니다. 어쩌면 그저 단지 주말에 신이 나게 놀았던 것 그뿐일지도 모른다.

이잉 위잉!
진동소리가 울렸다.

"예 여보세요?"

"아 완이 형 번호 아닌가요?"

"아 예? 아 네네 말씀하시죠."

이 남자의 이름이 완인가 보다.

누군가 아마 일행이었을 것이라 남자를 걱정해주는 사람이 최소한 명은 있다는 것이다.

"아 네 알겠습니다. 제가 책임지고 집까지 모셔다드릴 테니 걱정하지 마세요."

남자의 핸드폰을 남자가 들고 있던 가방에 넣었다.

그래 누군가도 나를 걱정해줄 것이다. 그게 누구든지 최소한 한 명은 말이다.

"으아 자 힘을 내볼까?"

기지개를 켜고 운전석에 올랐다.

부르릉

액셀을 부드럽게 밟았다.

거울로 뒷자리를 보았다. 약한 알코올 냄새를 풍기는 남자는 분명 나와 같은 미소를 짓고 있었다.

소원반지

그의 오른쪽 손 그중에서도 네 번째 손가락에는 이제는 본래의 색을 잃어버린 매듭 반지가 항상 자리 잡고 있었다. 그 낡은 털실 반지는 철없는 시간의 장난에도 불구하고 마치 군중을 처음 만나 엄마의 손을 꼭 잡은 겁먹은 어린아이처럼 그의 손가락 마디를 꼭 쥐고 시간에 대항하여 오랫동안 버티고 있었다.

그는 항상 오른손을 주머니에 넣고 다니거나 주먹을 쥐고 다녔다. 왜 그러냐고 물으니 그는 그저 웃으며 낡은 소원 반지가 이제 헐거워졌기에 혹여나 자기도 모르는 사이에 쏙 하고 빠져나갈까 두려워서라고 대답했다.
반지를 끼고 다니다가 툭하고 끊어지는 순간 소원이 이루어진다는 반지 말이죠? 라고 내가 되묻자 남자는 수줍게 웃으며 고개를 끄덕거렸다.

이제는 반지의 형상이 아닌 하나의 털실일 뿐인 낡은 반지는 속에는 옥색으로 빛나던 모습을 아직 간직하고 있었다. 땀과 손때에 젖어 번들거리고 축축한 낡은 반지를 만지작거리던 그는 익숙한 듯 앞주머니에서 도구를 꺼내어 끊어질듯한 반지를 수리하였다.

나는 궁금해서 물었다.
"왜 그러시죠? 소원을 이루고 싶지 않으신 건가요?"

남자가 대답했다.
"내 소원은 이 반지와 영원히 사는 겁니다. 이 반지는 제 친구들과 나눠가진 반지인데 아직도 그들이 이 반지를 끼고 다닐지, 나를 생각해 줄지는 모르겠군요. 그렇지만 내가 그들을 생각하니까 그건 상관없겠죠, 사진도 번지고 잃어버린 내게 남은 건 이 반지 뿐이고 난 이걸 볼 때마다 나와 나눠가진 사람들을 생각할 겁니다. 그게 내 소원이랍니다. 그들을 계속 추억하는 것 그것 외의 다른 소원은 없어요, 내 소원은 이미 이뤄지고 있는 거죠."

그는 그 반지가 본래는 탄탄하게 짜인 옥색의 반지였다고 말했다. 그가 끼고 있는 매듭 반지는 본래 소원을 비는 반지라고도 말했다. 그리고 시간이 지나 낡아버린 반지는 그의 손가락에 남아 그의 소원을 이뤄주는 진짜 소원 반지가 되어있었다.

소원 반지라는 것이 있다. 소원을 이뤄주는 반지라고 했다 모두들 그 반지를 단순한 미신이라고 말한다. 그런 반지는 없다고 말한다.
나는 그럴 때마다 그 사람들에게 이렇게 말하곤 한다.
"소원을 이뤄주는 반지라는 거 그거 실제로 있어요. 내가 봤어요."

※ 위 작품은 덕다방 채널 콘텐츠 창작의 밤 응모작품입니다.

소원반지 모티브 : 박희진님, 덕희들

침묵의 거리

그녀와 나 사이의 거리를 채우는 것은 항상 침묵이었다. 가끔 누군가가 우리에게 말을 걸었을 때 대화가 침묵의 자리를 대신 채우기도 했으나 가끔이었다. 차라리 오늘 같이 비가 오는 날이면 빗소리가 침묵을 막아주니 다행이었다.

그녀는 흔들리는 지하철 안에서 나와 같은 일행으로 같은 역에서 타고 같은 역에서 내려 같은 목적지까지 걸어갔으나 모든 시간은 모두 침묵으로 채울 뿐이었다. 그녀와 나 사이를 채운 침묵은 언제나 그랬듯 마치 단단한 벽 마냥 우리 사이를 가로막은 채 비킬 생각을 하지 않았다.

그럼에도 우리는 서로가 서로에게 달아나려고 하지 않았다. 어쩌면 비키지 않는 침묵이 우리 사이를 순간접착제처럼 붙여놓고 있는 것 일 수도 있다. 어쩌면 우리 서로는 외로움에 옆에 있을 누군가를 필요로 하지만 누군가가 내게 간섭하려 하는 것은 원하지 않는지도 모른다. 그런 의미에서 생각하면 우리는 서로에게 최고의 동료인 셈이다. 물론 이것은 순전히 나의 생각으로 그녀의 생각이 어떨지는 모른다.

오늘도 머릿속에서만 상상으로 그녀에게 대화를 걸었다. 입 밖으로 나오기에는 침묵이 너무 두껍고 또 오랜 시간 동안 쌓여있었다. 그녀에게 말을 걸면 그녀는 뭐라고 답할까? 그녀의 대답 또한 내 상상 속에서만 있을 뿐 실제로 어떤 대답이 나올지는 알 수가 없다. 고로 나는 그녀와 침묵의 거리 안에서 나 혼자 대화를 나누고 있을 뿐이다. 익숙함이 주는 침묵은 서로에게 아주 많은 말을 하곤 한다. 서로가 이해를 하든 안 하든 상관없다.

때로는 슬프거나 우울할 때도 있다. 그럴 때면 우리는 약속이라도 한 듯 옆에 꼭 붙어 앉아 있는다. 큰 행운이다. 평생 동안 자신이 위로를 받을 수 있는 무언가를 찾아 헤매는 사람들도 많지만 우리는 우리 서로가 침묵이 곁들여진 위로로 서로가 서로에게 위로를 받곤 한다. 침묵은 때로는 백 마디의 말보다 많은 위로를 남기곤 한다.

침묵으로 다져진 우리의 사이는 무엇이 있을까? 무관심? 혹은 우정? 아니면 불편함? 오히려 너무 편해서 할 말이 필요가 없을지도 모른다. 나 또한 무엇이 있을지 모르기에 그녀 또한 나와 마찬가지라고 믿는다. 우리를 보는 사람들은 우리를 어떻게 생각하고 있을까? 침묵에 대하여 답답해할까 아니면 궁금해 할까? 아님 우리를 일행이라고 생각하고는 있을까?

우리 사이에 있는 거리를 채우는 것은 항상 침묵이었다. 나는 그녀를 바라보고 그녀도 나를 바라본다. 그것뿐이다. 서로 이해가 되는 대화는 없었다. 그럼에도 나는 그녀를 사랑한다. 그녀도 나를 사랑할 것이다. 우리 둘을 막아놓은 침묵 속에서 나는 그녀를 향해 침묵으로 많은 말을 할 것이다. 그렇기에 우리는 서로 외롭지 않다. 그래서 비록 직접 말을 하지는 않았으나 나도 그녀도 이 세상을 좋아한다고 확신한다. 그렇게 확신하며 나는 그녀가 나를 쓰다듬기 좋게끔 그녀의 옆에 누웠고 그녀의 손의 온기를 느끼면서 그렇게 비가 오는 하루가 또 지나갔다.

작품 모티브 : 신카이마코토 '그녀와 그녀의 고양이'

지킬 박사와 새드

- 어터슨 이 편지가 아마 내가 보내는 마지막 편지일걸세 부디 이 편지를 받으면 내게로 달려와주게, 그리고 내 서재에 앉아있을 존재를 보살펴주게 그것이 무엇이든 간에⋯⋯. -

친구의 실종 소식을 듣고 나서 나에게 도착한 친구의 편지였다. 편지를 여기까지만 읽었으나 그럼에도 불구하고 그 편지는 나에게 방금 전까지 쉬던 따스한 집을 떠나 언 손을 비비면서 마차를 잡고 떠나게 하기에는 충분했다.

그는 내게 자주 새드에 대한 이야기를 하곤 했다. 그가 나에게 맡겨놓은 유언장에는 만약 그가 사망하거나 실종이 될 경우 그의 형제라는 무능력하고 슬픈 새드라는 이름의 그에게 대부분의 재산이 상속될 것이라는 내용이 적혀있었다. 나는 그런 지킬을 보면서 그가 본인의 형제를 끔찍이도 아끼는구나라고 생각했다.

새드는 어느 순간 갑자기 나타난 자였다. 어느 날 갑자기 나타난 그는 항상 겁에 질려 말이 없고 슬프고 우울한 형상으로 이리저리 돌아다니거나 숨기를 반복했고 그러다가 흔적도 없이 자취를 감췄다. 그런 이유로 새드를 하이드라고 부르는 사람들도 있었다. 그의 존재에 모든 이들이 의문을 품던 어느 날 뜬금없이 지킬은 새드가 자신의 형제임을 고백하며 집과 거리를 얼마든지 거닐게 하고 잘 보호하라고 명했다.

새드에게 허락된 장소에는 모든 이들의 접근을 막아놓고서 항상 잠가둔 지킬의 서재와 연구실도 포함되어 있었다. 지킬은 항상 연구실이나 서재에 박혀있었고 밖으로 나오는 경우는 많지 않았으나 새드가 혼자 돌아다닌 이후에는 항상 지킬이 나와 새드의 행적을 묻곤 했다. 그럴 때마다 집사와 하인들은 그저 우울한 모습으로 울면서 구석에 있거나 멍하니 걸었다고 지킬에게 공손히 대답했으나 뒤에서는 저렇게 유능한 형 밑에서 저렇게 무능력한 동생이 나올 수 있냐고 흉을 보았을 것이 틀림이 없었다.

혼자서 이런저런 과거를 정신없이 회상하던 나는 마부의 외침으로 인해 내가 지킬의 집에 도착했다는 것을 인지했다. 지킬의 집사와 하인들이 나를 반기며 지킬의 서재까지 인도했으나 지킬의 명은 아직도 유효하기에 본인들은 그 안으로 들어가지 않았다고 말했다. 그렇게 문을 열고 들어간 내가 본 것은 구석에 쭈그려앉아 눈도 마주치지 못하는 그의 형제 새드였다. 새드는 나를 보자마자 겁을 먹은 표정으로 눈물을 흘리기 시작하였고 나는 깊은 한숨을 내쉰 뒤에 서재에 있는 지킬의 자리에 앉았다.

그리고 내가 꺼낸 것은 유언장과 지킬이 남긴 편지였다. 나는 잊고 있던 내 친구 지킬의 편지를 마저 읽었다.

- 무엇이든 간에 그것은 나일세 나는 신을 앞에 두고 도박을 걸었네 주사위는 던져졌고 나는 성공했지 어터슨 자네는 잘 알 거라고 생각하네 뛰어난 성과를 내는 유능한 연구자인 나의 속에는 몰락에 대한 두려움과 사람들에게서 잊혀져 가는 것에 대한 슬픔이 항상 가득했었다네, 자네가 알지는 모르겠지만 인간은 근본적으로 두 개 이상의 자신을 지니고 있다네 각각의 본성을 분리하는 것이 가능하지 않을까라는 나의 가설은 맞았고 나는 나에게서 슬픔을 분리해냈네 그리고 쪼개진 슬픔에게 새드라는 이름을 붙여주었고……. -

"새드"

나는 나지막이 중얼거리며 새드를 쳐다보았다. 나는 남들이 아는 당당한 모습의 지킬부터 친구인 나만이 아는 지킬의 불안하고 슬픈 모습까지 전부 알고 있었다. 그리고 지금 눈도 못 마주치고 안절부절못하는 새드는 분명 나만 아는 지킬의 모습에 닮아있었다. 나는 편지를 마저 읽었다.

- 붙여주었고 실험의 성공에 도취된 나는 연구목적으로 약물을 복용하며 새드가 되었다가 다시 지킬이 되곤 했다네 그런데 어느 순간부터 약을 먹지 않아도 자고 일어나면 나는 새드가 되곤 했어 내가 하인과 집사에게 미리 말을 했으니 다행이었지 새드에서 나로 돌아오려는 그 순간에 나는 혼신의 힘을 다해 서재로 돌아왔다네 그리고 그 주기는 짧아지고 시간은 길어지네 나는 신과의 도박에서 졌고 이제는 반대가 되어 새드가 약물을 복용해야 지킬이 되는 상황이 일어났네 나는 그 순간부터 서재와 연구실 문을 잠갔고 새드에서 지킬이 되는데 필요한 약물의 양은 2배 3배가 되더니 이제는 남은 약물이 없네 친구여 이게 지킬로 쓰는 마지막 편지가 될걸세 우린 이렇게 이별이라네 유언장의 내용을 행해주게 믿을 건 자네뿐일세 -

편지를 다 읽은 나는 새드에게 다가갔다. 큰 체격의 지킬은 이제 작고 왜소한 새드가 된 채로 눈물이 찬 눈으로 내 시선을 피하고 있었다.

"지킬"
새드가 고개를 들어 나를 쳐다보았다. 처음으로 나와 눈이 마주쳤다. 눈물을 머금었지만 그 눈은 익숙한 친구의 눈 그대로였다.

나는 그렇게 친구와의 마지막 인사를 하고서는 집으로 다시 돌아왔다. 유언장의 내용대로 지킬의 재산은 슬프고 우울하고 창백

하고 약한 새드에게 그대로 상속되었다. 그러나 그것도 잠시뿐이
었다. 슬픔에 잠긴 새드는 얼마 가지 못하고 자살을 하고 말았다
는 소식이 들렸다. 나는 새드 아니 지킬의 장례식에 다녀간 뒤
펜을 놓고 나만이 아는 기록을 마치며 지킬과의 인연에 대한 마
침표를 찍는다. 불행한 삶을 살아간 친구여 이제 영원한 안식을
찾기를

기록자 : 가브리엘 모덕희 어터슨 (G. MD. 어터슨)

※ 위 작품은 덕다방 채널 콘텐츠 창작의 밤 응모작품입니다.

작품 모티브 : 지킬박사와 하이드

졸업

- 프롤로그 : 면담
"아마빌레 곧 졸업이던데요. 그래서 그런데 마지막으로 하나만 더 부탁하겠습니다."
"예? 와요? 내 시험도, 과제도, 학점도 다 했다 아니에요?"
"네 그건 저도 압니다만 이건 제 개인적인 부탁입니다. 누구 하나 좀 부탁드립니다."
"또요? 아... 내 낯가리는데? 그래요. 사부가 그라는데 이유가 있겠지요. 누굽니까?"
"이름은 프라프라 나이는 고등학생, 미술부, 친구 없음, 가정불화"
"그걸 내보고 하라고예?"
"부탁드려요. 아마빌레"

'분명 죽었을 텐데 나, 뭐 상관없겠지'
지하실 같은 어두운 공간이었다. 멍한 표정의 사람들이 표를 받고 버스에 올라타 사라지는 모습이 보였다. 20대쯤으로 되어 보이는 여성 한 명이 다가와 내 앞길을 막아섰다. 나는 막아서는 여자를 피해 매표소로 다가갔다.

"어데 가노? 그쪽으로 가면 끝이라 안 카나?"
"그만둘래요."
"와 그라노? 어차피 아무런 기억도 안 남았다 아닌가? 그리고 우리에게는 선택권이 없어. 꼬치꼬치 캐묻지 말고, 니는... 그래 집행유예야 1달 동안 다시 살아나가 무신 잘못을 했는지 기억해보꼬 그럼 되는기라. 뭔 말인지 알제?"

-"아마빌레 달팽이를 껍질에서 강제로 **빼내면** 죽어요. 기다리면 자기가 알아서 껍질에서 나올 겁니다. 뭔 소린지 아시죠?"
"와 갑자기 그런 소리를 합니까? 내가 마 달팽이라도 키우러 갑니까?"
"프라프라에 대한 조언이에요."
"뭐, 알겠습니다. 사부" -

"그래서 당신은 천사입니까?"
"내 이름은 아마빌레고 천사는 아이긴 한데 니 맘대로 생각해라 근데 뭐꼬? 와 벌써 실패를 걱정하노?"
"그러니까 내가 무슨 죄를 지었는지 기억해서 자백하면 다시 살아간다? 그리고 기간은 한달, 그리고 한달의 마지막 날에 대답을 못하면 영원한 죽음"
"뭐,... 그런거제."
"난 영원히 죽겠네요. 실패할 테니까 그래요 좋아요. 막 살아도 되겠어요."

"어휴 놀래라 옘병 두 번만 길잡이 했다가는 내캉 마 심장마비로 가슴 디비지겠네. 임마 막 나가네 이거"
아마빌레는 찬 바닥에 쓰러져있는 프라프라를 바라보곤 한숨을 크게 내쉬었다. 아무에게나 시비를 걸고, 물건을 훔치고, 기물을 파손하는 등의 일탈이 벌써 여러 번이었다. 그중에서 누군가에게 당한 듯 보였다.

"방치해놓고 무슨 소립니까 가이드라도 잘 하든가"
"이게 우리 규칙이라고 내캉 말 안 하드나?"
"이런 일에는 소질이 없나 봐요, 아마빌레 막 살기도 어렵군요."

프라프라가 몸을 일으켜 앉았다.
아마빌레도 그 옆자리에 앉았다.
"그래 니 그거 잘 안 어울린다 안카나 이왕 막 살 거면 차라리
이거저거하고 놀아라"
"내가 친구가 있던가요?"
"그라믄 내가 마 함 놀아주면 되제?"

- "아마빌레 함께 걸어줄 누군가가 있다는 것은 그것만으로 충
분히 가슴이 찡한 일이랍니다. 그러니까 가서 프라프라가 방황하
거든 그냥 같이 걸어주세요."
"크으 사부 내 운동 옥수로 시킬라고 하시네 걱정 마이소 내 자
기 전에 다리가 답답해가 사이클 30분씩 타고 잔다 아잉교" -

"이렇게 한 달 살다가 가는 것도 나쁘지는 않네요."
"어지간히 재밌나 보구마?"
"그러게요. 대부분 처음 경험하는 거네요. 있잖아요 아마빌레
지금은 떠났지만 저도 어릴 적에는 친구가 하나 있었어요.
그 이후로 처음 만든 친구가 당신이네요. 물론 한달짜리 기간제
친구긴 해도"
"프라프라 경치가 참 예쁘제? 내가 마 이 아름다움과 으이?
사랑스러움에 일가견이 좀 있는데 이 세상처럼 사람도 여러 색
을 띄는기라 내 고향에 별이 많다. 반딧불도 많고 얼마나 칼라풀

한지 아니? 칼라-풀하게 살아라 칼라풀한 게 마 좋은 기라
와 죽을라꼬 하노 으이? 악착같이 살아있어야 좋은 일도 있고
그라제"
"아무도 나를 잡지 않는걸요"
"내가 지금 니 잡고 있다 아이가"
"그러네요. 그럼 나 또 죽어도 되는 건가요?"
"아니 그런다고 오지는 않는다. 내도 퍼뜩 졸업해뿌야제"
"곧 월 말이네요? 내일은 뭐 할까요?"
"글쎄 우리가 만나가 딱히 뭘 하지는 않았지 또 아무 말 썽그리
다 시마이 할까?"
"그것도 좋네요."

-"아마빌레 그 친구 사람 죽인 살인자인거 알고 있죠?"
"제가 마 다른 건 몰라도 정답은 퍼뜩 잘 기억합니다."
"슬픈 영혼이에요. 따스하게 대해줘요. 그래서 당신에게 부탁했
어요. 아마빌레"
"걱정 마이소 사부"-

"해가 질 즈음에 아파트 옥상으로 나올 것"
아마빌레가 아침에 프라프라에게 남긴 말이었다.
그 이후로 아마빌레는 나타나지 않았다.
프라프라는 옥상에 올랐다.

"거 옥수로 늦네 그래서 답은?"
"아! 사실 저 답은 이미 알고 있어요.
이전에도 이런 일이 있었거든요."

"뭔 소리고?"

"어릴 적에 친구가 하나 있었어요. 저희 집은 가정불화가 있었고 어머니는 바람을 피셨고, 좋아하는 여자애와는 모텔 입구에서 만났죠. 친구도 거의 없었구요. 그런데 어느 날 함께 걸어줄 누군가가 있다는 것은 그것만으로 충분히 가슴이 찡한 일이라면서 누가 내 옆에서 걸어준다고 나타났어요. 그리고 달팽이를 껍질에서 강제로 빼내면 죽으니 기다리면 자기가 알아서 껍질에서 나올 거라고 말했죠. 그래서 제가 껍질로 나오는 그 순간에 그 친구가 그러더군요. 옥상에서 만나자고 그리고 이렇게 말했죠. 그래서 답은?"

"사부?"

"난 그때 이렇게 말했어요 나는 나를 죽인 살인자라고 지금도 답은 같죠? 난 자살을 했어요. 프라프라를 죽인 살인잡니다. 이게 내 답이에요. 정답인가요?"

"정답이다. 누군가 이미 다녀갔었고만 기억을 지우지 않았고"

"기억 가지고 살라고 했어요. 살아있으면 희망이 있다고 근데 제가 그걸 망각했었나요?"

"그건 중요하지 않아, 중요한 건 정답을 맞췄다는 거이 중요한 기라 내가 마 살아있어야 좋은 일도 있다고 했제? 사람이 사람 만나면서 변하는 건 좋다. 내가 볼 때 니 이마이 변했다. 최소한 지금보다는 잘 살 기라. 나도 기억은 마 지우지 않을테이. 축하한다."

아마빌레는 사라졌다. 프라프라는 한참 동안 서 있다가 옥상에서 다시 내려갔다.

"축하해요 아주 완벽했어요 아마빌레"

"사부 내 좀 봅시다. 내를 시킨 이유가 있었구마 점마 저거 사부 꺼다 아니에요?"

"맞아요."

"기억 와 안 지웠습니까?"

"당신과 같은 이유로요. 축하해요. 이제 정말 졸업이군요. 그럼 이제 짜장면 드셔야죠? 아마빌레?"

"사부가 사줍니까?"

"물론이죠."

"하모 좋습니다."

- 에필로그 : 가이드

"축하합니다! 찬스에 당첨되셨습니다! 당신은 이제 다시 이승에 내려갈 기회를 얻은 겁니다."

"난 이런 무채색의 인생 더 살고 싶지 않아"

"무채색도 색이에요. 사람은 각자가 가진 색이 있어요. 당신이 가지고 있는 색이 검고 희고 회색일 뿐이지 그게 잘못된 것은 아니에요. 그래도 그게 싫다면 제가 색을 입혀드릴게요. 컬러풀한 게 좋아요. 컬러풀하게 살아가세요. 살아있으면 좋은 일이 생기겠죠? 내일이 있다는 것 좋은 거예요."

"당신은 천사인가?"

"천사는 아닌데 천사라고 해두죠. 저를 프라프라라고 불러주세요. 당신은 고바야시 마코토가 되어 다시 삶을 살아갈겁니다. 그럼 출발합니다."

프라프라는 한 영혼을 데리고 이승으로 날아갔다.

※ 위 작품은 덕다방 채널 콘텐츠 창작의 밤 응모작품입니다.

작품 모티브 : 소설 컬러풀 (모리에토) /
              영화 컬러풀 (하라 케이이치)
아마빌레 캐릭터 모티브 : 배미애님
사투리 도움 : 김태영님 / 배미애님

팬텀

-모덕타임즈 편집국장실-

편집국장이 매우 화가 나 있다. 기자 지니가 편집국장의 앞에
서서 그가 내뱉는 고함을 그대로 여과 없이 맞고 있었다.

[편집국장] : 그러니까 지금 당장 나가, 싫어?
　　　　　　특종도 실적도 없으면서 이제는 이것도 싫다?
　　　　　　그럼 내가 여기서 너를 해고시키지 말아야 할
　　　　　　이유를 가져와 없지? 그러면 당장 나가서
　　　　　　가십기사라도 써오라고 알아들었어?
[지니] : 아니 그건 하아.... (한숨을 내쉬며 머리카락을 쓸어
　　　　올린다. 뭐라고 하려다가 화가 난 국장의 모습을
　　　　보고는 입을 다문다.) 알겠습니다. 당장 가겠습니다.

-덕희극장-

뮤지컬 공연이 한창이다. 천재 배우이자 극작가인 제이든이 대문
짝만 하게 그려진 포스터가 걸려있다. 화려한 무대효과와 관객들
의 박수가 터져 나온다. 공연이 끝난 제이든에게 기자들이 질문
을 던지기 시작한다.

[지니] : 당신이 유령에게 영혼을 팔았다는 소문이 사실입니까?
（주변에 있는 사람들이 크게 웃는다.)
[제이든] : 그렇다고 해두죠 뭐 내일 신문에는 제가 소설
　　　　　주인공처럼 나오겠군요.

(주변에 있는 사람들이 더 크게 웃는다.)

기자들의 질문이 끝나고 지니가 창피한 듯 붉어진 얼굴로 황급히 빠져나온다. 그런 지니를 누군가 잡는다. 얼굴이 보이지 않을 만큼 모자를 푹 눌러쓴 사람이었다.

[지니] : 뭐죠?
[의문의 사내] : 당신 노이어를 찾는군?
[지니] : 뭐라고요?
[의문의 사내] : 유령 말이야 어느 누구의 말도 듣지 않는다는
　　　　　　　 이곳의 폭군 우리는 그를 노이어라고 불러
　　　　　　　 마치 귀가 없는 것처럼 남의 말을 듣지 않기
　　　　　　　 때문이지 궁금해? 그럼 지하 수로로 가봐

-지하수로-

[지니] : 후 그래서 이 극장의 지하 수로에 그 유령이 살고
　　　　 있다는 거지? 내가 이런 일까지 해야 하다니
(지니 투덜거리며 지하 수로로 들어간다.)

한참을 걷던 지니가 무언가 노랫소리를 듣고 멈춰 선다. 기둥 뒤에 숨어서 보니 가면을 쓴 사내가 노래를 부르고 있다.

[가면을 쓴 사내] : 꿈결에 다가온 노랫소리 날 불러들이는
　　　　　　　　 그 목소리 눈앞에 펼쳐진 그의 환상 이젠
　　　　　　　　 내 맘속에 나 함께 부르는 이 노래에 거대한
　　　　　　　　 전율이 널 감싸네 피할 순 없으리
　　　　　　　　 이 운명을 이젠 네 맘속에

[지니] : 뭐야?

(지니 호기심이 가득한 얼굴로 남자의 노래를 듣는다. 그때 노래가 멈추고 지니가 고개를 들어보니 가면은 쓴 사내가 눈앞에 있다.)

[가면을 쓴 사내] : 대답을 잘 하는 게 좋아요. 여긴 어둡고 축축한 지하수로고 당신이 여기서 죽는다고 해도 찾을 사람이 없으니까

[지니] : 대답을 잘하면 제가 얻는 것이 뭐죠?

[가면을 쓴 사내] : 끝내주는 죽음

[지니] : 그럼 못하면요?

[가면을 쓴 사내] : 시시한 죽음이죠.

[지니] : 당신이 노이어? 제이든의 영혼을 샀다는 그 유령인가요?

[가면을 쓴 사내] : 좋은 대답이군요. 제 이름은 유령이 아닌 에단입니다.

[지니] : 여기서 뭘 하고 있죠?

[에단] : 대답을 잘하면 제가 얻는 것이 뭐죠?

[지니] : 글쎄요 어두운 구석에 숨어서 혼자 노래를 부르는 불쌍하고 쓸쓸하고 친구가 없어 보이는 사람에게 대화의 상대가 되어주죠.

[에단] : 저는 누구의 말도 듣지 않습니다. 오직 저만이 정답과 진리를 알고 있죠. 제 별명에 대해 이미 알고 계시군요. 노이어 귀가 없는 사람이라 좋은 별명이죠.

[지니] : 제가 묻는 말에 대답하세요 에단

[에단] : 글쎄요 제가 귀가 없어서요. 내일 제이든의 초연이 있다죠? 꼭 봐요.

에단이 빠른 걸음으로 달려 사라진다. 지니가 황급이 뒤를 따랐지만 복잡한 수로 속에 에단은 이미 사라지고 없다.

-덕희극장-

제이든의 초연 공연이 한창이다. 주연 배우인 제이든이 노래를
부르기 시작한다.
[제이든] : 꿈결에 다가온 노랫소리 날 불러들이는 그 목소리
[지니] : 이건 (지니 황급히 자리에서 일어나 밖으로 나간다.)

-지하수로-

[에단] : 기다리고 있었어요.
[지니] : 당신 정체가 뭐죠? 저 노래를 어떻게 당신이 알고
         있는 거죠?
[에단] : 내가 만들었으니까
[지니] : 뭐라고요?
[에단] : 제가 작가인 게 어때서요? 그러면 안 되나요?
         놀랐어요?
[지니] : 아니 그럴 리가 그럼 그 소문이....
[에단] : 네 아주 허황된 소문은 아니죠.
[지니] : 그게 사실이라면 왜 뒤에 숨죠?

[에단] : 왜냐고요? (에단 천천히 가면을 벗는다. 얼굴의 반을
         가리고 있는 가면을 벗자 흉측한 얼굴이 보인다.)
         이렇게 지하 수로에서 지내도 당신 같은 가십거리를
         찾는 기자들이 들어오는데 내가 밖에 나가서 기자들
         질문을 받으면 어떻게 될까요? 난 동물원의 구경거리가
         아니에요. 그렇게 되지도 않을 거고

[지니] : 잘 생겼네요. 그러니까 내 말은 나름

[에단] : 지금 가면 제이든의 기자회견에 늦지 않아요.
　　　　그는 앞에 나서는 것을 좋아하죠.

[지니] : 거기서 에단을 아냐고 물어볼까요?

[에단] : 뭔가 착각하는데 이 극장과 무대의 주인은 납니다.
　　　　내가 폭군이에요.

[지니] : 그거 알아요 에단? 이런 궁전에서 사는 왕은 없어요.
　　　　당신은 겁쟁이일 뿐이죠. 그렇게 좋은 실력을 가지고
　　　　있으면서 평생 남 좋은 일만 시킬 건가요? 아무도
　　　　당신을 기억해 주지 않을 걸요? 심지어 제이든조차도

[에단] : (크게 심호흡을 한다. 허리춤에서 권총을 꺼내 지니를
　　　　향해 겨눈다. 지니도지지 않고 에단을 노려본다. 에단
　　　　권총을 내려놓고) 나이도 어린 사람이 왜 그렇게
　　　　겁이 없죠?

[지니] : 나이도 어린 사람 앞에서 나이도 많은 사람이
　　　　뭐 하는 거죠?

[에단] : 여기서 있었던 말 밖에서는 하지 말죠 우리,
　　　　당신의 지금 행동이 어떤 미래를 만들지 지켜보세요.
　　　　(에단 뒤로 돌아 천천히 걸어간다. 지니 이번에는
　　　　따라가지 않는다.)

-덕희극장-

공연이 한창인 무대 객석에서 한 남자가 등장한다. 듬직한 체형
에 망토를 두른 사내 그리고 얼굴의 반을 가리는 하얀색 가면을
쓰고 있다. 남자가 노래를 부르기 시작한다. 제이든의 노래보다
성량이 좋은 미성의 노래다. 관객들이 수군거리더니 집중하기 시

작한다. 그리고 터져 나오는 박수 제이든이 받는 박수보다 소리
가 크다. 제이든 한참 동안 남자를 쳐다보더니 무대에서 뛰쳐나
온다. 그런 제이든을 바라보며 에단이 뒤를 돌아 퇴장한다. 지니
둘 다를 보고 달리기 시작한다.

-지하수로-

[제이든] : 미쳤어?
[에단] : 질문은 내가 할 거야, 대답을 잘 하는 게 좋아. 여긴
        어둡고 축축한 지하수로고 당신이 여기서 죽는다고
        해도 찾을 사람이 없으니까
[제이든] : 원하는 게 뭐야? 당신 여기서 얻을 건 다 얻은 거
         아니었어? 더 뭘 원하는데 극장, 극본? 다 네가
         가졌잖아
[에단] : 그러는 너는? 뭘 더 원하지? 내가 없으면 아무것도
        아닐 거면서
[제이든] : 사람들이 나를 뭐라고 부르는지 알아? 엄지군이라고
         불러 다들 나만 보면 엄지를 치켜세우기 바빠 그래
         네놈의 극본은 기가 막히게 좋았어 그런데 말이야
         그 연기, 그 노래 그건 내 거야 내 거라고
[에단] : 그럼 지금 가서 해
[제이든] : (제이든이 엄지손가락을 내밀어 에단의 눈앞에 대고
         흔든다.) 엄지손가락 이 엄지손가락 보여? 손톱을
         잘근잘근 씹어 먹었어 왜냐고 너 때문이야 너 때문에
         그래 하루도 편안하게 잠을 못 자, 왜 그러는 거야?
         제발 그러지 마 그냥 여태까지 해온 것처럼 있으라고

[에단] : 너도 알고 있지? 너의 창작물이 아니라는 것을?
　　　　제이든 너는 그저 나의 꼭두각시일 뿐이야.
　　　　대답을 못하면 무슨 일이 일어나는지 혹시 알아?
[제이든] : 닥쳐 말 아직 안 끝났어.　너는 악의 근원이야 알아?
[에단] : 내가 악의 근원이면 0호는 너야 제이든, 그리고 대답을
　　　　못하면 일어나는 일은 시시한 죽음이지

에단 권총을 들어 제이든을 겨눈다. 그리고 잠시의 망설임도 없
이 방아쇠를 당긴다. 총성이 지하 수로에 울려 퍼진다. 제이든이
쓰러지는 소리와 함께 여자의 비명소리가 들린다.

[에단] : 좋은 가십거리와 특종기사군요.
에단이 자리에 주저앉아 떨고 있는 지니를 향해 손을 내민다. 그
의 손에 들려있는 것은 두툼한 원고 뭉치다. 지니의 손에 원고를
쥐여준 에단이 말한다. 가면을 벗은 모습이다.

[에단] : 저게 시시한 죽음이라는 겁니다. 받아요. 제 역작이니까
　　　　이걸 가지고 당신이 작가가 되든 아니면 에단이라는
　　　　이름으로 발표를 하든 버리든 알아서 하세요.
[지니] : (떨리는 목소리로) 다.... 당신은요?
[에단] : 난 좋은 대답을 했다고 생각하는데요?　좋은 대답에
　　　　대한 결과는 끝내주는 죽음이죠. 여기서 나가요.
　　　　지금 당장

에단이 소리를 지르고 천장을 향해 권총을 발사한다. 지니가 비
명을 지르더니 황급히 달려나간다. 그녀의 손에는 에단의 원고가
들려있다. 얼마간의 시간이 흘렀을까 폭발음이 울린다. 지하 수
로와 그 위에 있는 극장이 같이 비명을 지르며 무너진다.

-폐허-

기자를 그만둔 지니가 폐허를 걷고 있다. 가방에는 에단의 원고가 아직 들려있다. 복구작업이 한창인 돌무더기에서 무언가 발견한 지니가 홀린 듯 다가간다. 지니가 들어 올린 물건은 에단이 쓰던 하얀색 가면의 조각이다.

[지니] : 에단...
지니가 들고 있던 원고의 맨 앞에 펜으로 뭔가를 적기 시작한다.
제목 : 오페라의 유령, 작가 : 에단

※ 위 작품은 덕다방 채널 콘텐츠 창작의 밤 응모작품입니다.

모티브 : 오페라의 유령
지니 캐릭터 모티브 : 장예진님
에단 캐릭터 모티브 : 노귀현님
제이든 캐릭터 모티브 : 김병섭님

정모

"어 현인가? 잘 지내지 아직 일본인가? 요즘 어떻게 지내? 잘
지내? 다른 사람들은? 다 잘 있고?"

남자가 전화기를 들었다. 목소리는 힘이 많이 빠진 목소리였지만
끊임이 없었다.

"뭐? 내가 연락해보라고? 에이 내가 어떻게 그러겠어, 너야 주
연이었지만 나는 조연이었던 거 알면서, 어 그래그래 시간도 많
이 지났는데 한 번 보자는 거지 그래 맞아 파티하자는 거지 현
이 네가 또 파티에는 일가견이 있잖아 그렇지? 그때 참 재밌었
는데 생각은 나? 그때 밤이 많이 추웠는데 너는 밤까지 새고 다
음 날 반쯤 졸면서 다니고, 그래 아무튼 뭐 그래서 전화했어 목
소리 들었으니까 얼굴도 봐야지 총대답게 장소도 내가 준비해놨
어 그대로 몸만 오면 돼"

전화기 너머에서 들려오는 여자의 목소리는 짧은 단답에 가까웠
다. 일단 전화를 건 남자가 대답을 할 시간도 안 주는 것이 가장
큰 이유였을 것이다.

"나는 가끔 보는데 너도 아직 방송 보나? 그때는 참 그냥 구경
만 해도 재밌더라고 내가 참 많이 관찰했었지 좀 이상하게 들리
겠지만 얼굴, 표정, 말투, 심지어 나눴던 메시지까지 지금도 생
생해 첫 만남의 장면은 아직 외우고 있다고 내가 준 선물을 보
고 감탄하고 사진 찍었던 게 첫 장면이었지 아마? 그건 그렇고
자식들은 다들 있나? 이쯤 나이 먹었으면 그때 모임의 막내까지
도 이제 비슷한 또래라고 불러도 되겠지 이제? 친구? 그때도 우

린 다 친구였어 거기 가면 내 자식이 있을 거야 말은 이미 해놨어, 아 그리고 입장비 받을 거니까 준비해 이제 나이도 먹었으니 그 정도 돈은 다 있겠지? 이왕 만나는 거 용돈 좀 두둑하게 주라고 그럼 내가 장소 알려줄게 사람 다 모아놔 그래 그때 보자고 꼭 다시 한번 봤으면 좋겠어."

"현님? 현씨 맞죠? 이야기는 많이 들었습니다. 재백이라고 합니다. 아버지의 친구분들이라고요? 그런데 유언과 온 손님의 숫자가 맞지 않는데 아 그래요? 광고를 내셨군요. 아직도 공금이 남았나 보죠? 이쪽으로 모시겠습니다. 파티룸은 아니지만 오랜만에 모이셨으니 담소 나누시길 바랍니다. 어쨌든 정모니까요. "

검은 옷을 입은 사람들이 계단을 걸어 올라오는 모습이 보였다. 그 사람들은 천천히 입장하더니 장례식장으로 들어와 재백을 마주 보았다.

재백이 말했다.
"어서오세요. 당신들이 그 마지막...."

작품 모티브 : 영화 써니 - 장례식 장면
캐릭터 모티브 : 김현님

-시신경 끝-

Ending credit

<등장인물>
서어진
재백

<출판사>
주식회사 부크크

<연재장소>
문화의 시작 조아라

지금까지 읽어주신 분들에게 감사의 인사를 올립니다.